Nix für Humorlose!

HORST PFEIL

Urheberrecht: Horst Pfeil
Umschlaggestaltung und Satz: Marja Reher, Hamburg
Karikatur Cover: Dirk Müller, Dresden
Herstellung und Verlag:
BoD – Books on Demand, Norderstedt
Korrektur und Marketing: www.books-for-users.de
Fotos: Horst Pfeil, privat

1. Auflage 2021

ISBN 978-3-75-340823-1

Ein bisschen Spaß muss sein!

Liebe Leser,

Warum schreiben wir Menschen in der digitalen, so hoch gelobten Welt, überhaupt noch Bücher? Kann jemals die Digitalisierung das menschliche Gedankengut ersetzten? Zum Teil schon, denn einige Bestseller-Autoren nutzen die fast unerschöpfliche Plattform unter http//www.undsoweiterundsofort.de ...

Was hat mich überhaupt dazu getrieben Bücher zu schreiben? War es etwa die lange Weile, die meist einsetzt, wenn der Mensch erfolgreich aus dem Berufsleben ausscheidet? Bei mir war es die angeborene Neugierde auf unserer Mutter Erde zu sein! Mir sagt man nach, ich hätte von klein auf an immer, nach dem Warum gefragt. Manche Menschen – besonders die Elternteile und Lehrer in der Schule – habe ich mit dieser Frage unbewusst, aus meiner damaligen Denkweise, ganz bestimmt genervt.

Das Wort *Warum* prägte mein facettenreiches Leben! Aus diesem schöpfe ich mein aufs Papier gebrachte Gedankengut. Die Resonanz meiner Leserschaft hat mir gezeigt, dass es mit dieser Ausgabe 10 Bücher geworden sind. Ein gutes Buch ist wie ein guter Wein der reifen muss! Bleiben Sie oder werden Sie mir treu.

Neulich schrieb mir eine Leserin: „Deine Art zu schreiben, erinnert mich an den vor sechs Jahren, im Alter von 87 Jahre verstorbenen, Hans-Joachim Fuchsberger."

Tage später hielt ich das, mit der Post geschickte Buch *Altwerden ist nichts für Feiglinge* in meinen Händen. Wie recht hatte Blacky mit diesem Buch! So Gott will, werde ich 2021 im Mai 85 Jahre.

Lang ist es her, als im deutschen Fernsehen – auch Puschenkino – genannt, die Gäste mit folgendem Text begrüßt worden: „Diese Sendung ist für Sie und nur für Sie" Da ich diese Zeit miterleben durfte, lade ich sie jetzt und heute als meinen Leser, mit dem nötigen Respekt und Achtung zum Lesen der humorvollen Kurzgeschichten ein. Nach dem Motto: „Mein Buch ist für Sie und nur für Sie!"

Und nun lesen Sie mal schön mein 10. Buch.

Ihr oder Euer Horst Pfeil

Buchholz, im Dezember 2020

Appell des Jahres

Der Staatshaushalt muss ausgeglichen sein.
Die öffentlichen Schulden müssen verringert,
die Arroganz der Behörden
muss gemäßigt und kontrolliert werden.
Die Zahlungen an ausländische Regierungen
müssen reduziert werden,
wenn der Staat nicht bankrott gehen soll.
Die Leute sollen wieder lernen zu arbeiten,
statt auf öffentliche Rechnung zu leben.

Marcus Tullius Cicero, Rom, 55 vor Chr.

Diesen Appell fand ich in meinem Ordner *Gesammelte Kostbarkeiten*. Würden Sie mit mir nach dem Lesen spontan den folgenden Satz unterschreiben? Wir Menschen verweigern uns, oder es fehlt uns die innere Einstellung aus der Vergangenheit – der Geschichte unserer Ahnen – zu lernen? Entschuldigung, wie konnte ich nur in der letzten Satzbildung total vergessen, auch wir älteren und alten Menschen: „Hätten sich gefälligst der Postmoderne zu unterwerfen!" Befinden wir uns Menschen nicht gegenwärtig in einer seelenlosen Zeit?
In meinem letzten Buch *Die Krönung* erzählte ich einer mir bisher wohlgesonnenen femininen älteren Weib-

lichkeit von den Anrufen alleinstehender Frauen. In deren Gesprächen stand die Angst, Einsamkeit und das Wegsperren in den Senioren-Anlagen.

Der Rat von der mir bisher wohlgesonnenen Person: „Die Alten sollen sich nicht so anstellen!"

Im jetzigen Buch komme ich auf das zurück, worüber ich am liebsten schreibe: gereimtes oder nichtgereimtes aus dem Täglichen. Mein Motto: Nimm dich selbst nicht ernst! In meinem facettenreichen Leben haben in diesem Buch – zwei der ehemaligen, nicht mehr lebenden Freunde – in meinem Herzen den ersten Platz eingenommen.

Sie wurden nun von mir per Engelspost im Himmel unterrichtet. Per Satellit kam ihre Antwort: „Ja, wir freuen uns, dass Du uns nicht vergessen hast. Schreibe unsere hinterlassenen Geschichten noch einmal in einem Buch. Tschüss, und schick uns ein Exemplar mit der Engelspost." Jetzt ist mir ganz schön mulmig zu Mute, denn beide haben große Spuren auf der Mutter Erde hinterlassen! Nun, ich werde es wenigstens versuchen. Dazu bedarf es zu erklären, wie lernten wir uns kennen?

So begann alles!

Im letzten Jahrhundert erhielt der *Bürgerverein Hohenfelde und Uhlenhorst* einen neuen Ersten Vorsitzenden, sein Name Horst Pfeil, der ihn 10 Jahre lang führte. So steht es jedenfalls in der Vereinschronik des 1883 gegründeten Hohenfelder und Uhlenhorster Bürgervereins. Ein Sammelbecken von Bürgern in ihren Stadtteilen. Dazu bedarf es einer Erklärung: Bürgervereine in den deutschen Hansestädten genossen in der Zeit von Fürst Bismark ein hohes Ansehen. In der Freien und Hansestadt Hamburg hatten im Rathaus die Abgeordneten der Vereine in der Bürgerschaft ein Mitspracherecht. In der braunen Zeit wurde dies aufgehoben. Durch ein ehrenamtliches Engagieren, konnte der einzelne Bürger in den wirtschaftlichen und sozialen Bereichen in der Nachkriegszeit des zweiten Weltkrigs, dem Parteiensystem trotzen, indem er ohne politische Vorgaben sich einem Bürgerverein anschloss. In meiner Zeit finanzierten wir uns ausschließlich durch Mitgliedsbeiträge und Spenden. Für den Vorstand und die Mitglieder war es eine Ehre, sich nicht durch steuerliche Einnahmen zu finanzieren. Das Wort Ehre hatte in meiner Zeit der Vereinsführung noch die Bedeutung eines ehrbaren Hamburger Kaufmannes.

Eine Anekdote: Als erster Vorsitzender, bat ich schriftlich das Hamburger Staatsarchiv, um einen Einblick in die Gründungsakte des *Hohenfelder Bürgervereins vom 6. Februar 1883*. Es kam der Tag, an dem mich eine Person von der Anmeldung, in einen Saal der völligen Ruhe führte. An den langestreckten Tischen saßen weit verteilt die Besucher. In einer nach vorn gebeugter Haltung – der Rücken befand sich bereits in einer schrägen Ruhelage – stöberten und blätterten die Suchenden, in den ihnen vorliegenden Akten.

Meine Begleiterin führte mich geräuschlos in den Raum der Stille, an einen für mich vorgesehen Tisch. Vor mir lag nun zur Einsicht, die Gründungsakte des Hohenfelder Bürgerveins aus dem Jahre 1883. Völlig geräuschlos verlies mich meine Begleiterin. Erlaubt war das Lesen und handschriftliche Notizen. Ich weiß heute nicht mehr, wie viele Stunden mich die Vereinsgeschichte gefesselt hatte.

In den Unterlagen in *Sütterlinschrift* (Deutsche Schrift im Unterschied zur heutigen lateinischen Schrift) vom 6. Februar 1883 wurde durch die Mitglieder-Versammlung zum ersten Vorsitzenden Herr Dr. H. Erdmann gewählt. Das war die Geburtsstunde des Hohenfelder Bürgervereins. Erst im Jahr 1973 – obwohl älter – schlossen sich die Mitglieder des Uhlenhorster Bürgervereins an. Daher rührt die heutige Namensnennung: Hohenfelder Bürgerverein und Uhlenhorster Bürgerverein.

Im Staatsarchiv stieß ich in den Gründungsakten auf eine polizeiliche Verordnung aus der Gründerzeit. Meine grauen Zellen saugten diese geradezu auf. Aber ebenso hatten sie den Wunsch, diese irgendwann einmal der heutigen Generation zu präsentieren.

Im Dezember 2007 erreichte mich in der Mittagszeit auf unserer Finca in Andalusien, gemütlich auf der Porche sitzend, ein Anruf aus Hamburg. Mit einem Anruf von der nördlichen Halbkugel unseres Erdballes hatte ich nicht gerechnet. Am anderem Ende der Leitung , der viel zu früh gestorbene Pastor und zweiter Nachfolger nach meinem Ausscheiden im Jahr 2002, *Jürgen Strege.*

Wir kannten und schätzten uns und kamen schnell zur Sache. Der Vereinsvorstand und hilfsbereite Mitglieder bereiteten ein Fest für das 125-jährige Jubiläum des Hohenfelder und Uhlenhorster Bürgervereins vor.

Wie in den Jahren meiner Zeit, sollte im *Crowne Plaza Hotel* in Hohenfelde, das seltene und würdevolle Ereignis stattfinden. „Sie und Ihre Gattin sind schon jetzt herzlich eingeladen. Wer allerdings wie Sie erfolgreich über 10 Jahre den Verein geführt hat, für den habe ich eine Aufgabe: Ich bitte Sie um eine Rede zu unserer Vereinsgeschichte." Hoppla, da meldete sich doch in unverschämter Weise sofort das Gespeicherte in den grauen Zellen aus dem Staatsarchiv! Mit einer dankbaren Zusage endete unser Telefongespräch. Da vergaß ich sogar frohe Weihnachten und einen guten Rutsch für 2008 zu wünschen. Wer oder was steckte wohl dahinter?

Noch vor den Weihnachtstagen 2007 hatte ich eine halbstündige Rede vorbereitet.

Es ist Januar 2008 und auch bei uns, auf der in über fünfhundert Meter Höhe liegenden Finca, ist jetzt Winterzeit. In der Ferne auf ca. 1500 Meter Höhe strahlt in der Sonne, der weiß bedeckte Gipfel der *Sierra las Nieves.* In der Zwischenzeit kam die schriftliche Einladung zur Jubiläumsfeier am Sonntag, dem 10. Februar 2008.

In den ersten Januartagen erreichte mich ein Anruf aus Hamburg. Herr Strege hatte inzwischen aus der Hamburger Senatskanzlei, die Zusage vom Ersten Bürgermeister der Freien und Hansestadt Hamburg, Herrn *Ole von Beust,* erhalten. Nach dem Protokoll der Senatskanzlei, dürfen die folgenden Reden nicht länger als die Rede des ersten Bürgermeisters sein. Das bedeutete für mich, die eigene Rede um fünf Minuten zu kürzen.

Haben Sie sich als Leser schon einmal für eine 20 minütige Rede über eine 125-jährige Vereinsgeschichte vorbereitet? In meinem Berufsleben hatte ich grundsätzlich das Glück, bei der Vorstellung von Produkten, vor den geladenen Kunden, über *VDE-Bestimmungen* zu reden! Während ein Anderer über die Technik sprach! Noch schlimmer ist es, einen 125 Jahre alten historischen Ablauf in 15 Minuten einzutüten.

Es wurde Sonntag, der 8. Februar 2008, der Saal war mit rund 130 Personen fast überfüllt. Vier Redner warteten auf ihren Auftritt. Nach der Rede des Ersten Bürgermeisters Ole von Beust, sprach eine Vertreterin des Bezirksamts Hamburg-Nord. Nun war ich an der Reihe. Zuvor hatte ich Jürgen Strege gesagt: „Wenn ich Sie, als ersten Vorsitzenden des Bürgervereins frage: Haben Sie das getan? Dann antworten Sie bitte laut und deutlich mit ja, ich habe!" Noch heute, beim Beschreiben dieser Situation, erinnere ich mich an die Ruhe im Saal. Am Pult über 130 Menschen sehen. Besonders langsam das Konzept auf die Schräge des Pults legen. Die Blicke der Gäste einfangen. Als Redner wissen Sie, das Protokoll wird von Ihnen nicht eingehalten. Den Ersten Bürgermeister begrüßen Sie zuerst nicht, stattdessen fangen Sie wie folgt an: Um Ihnen die 125-jährige Vereinsgeschichte näher zu bringen, bedeutete es für mich noch einmal in das Gründungsjahr am 6. Februar 1883 zu sehen: „Herr Jürgen Strege, haben Sie am heutigen Tag, diese Feier dem hochlöblichen Polizei-Präsidenten der Freien und Hansestadt um die Erlaubnis dieser heutigen Veranstaltung gebeten? Dann antworten Sie bitte mit ja! Seine Antwort kam: „Ja, ich habe." Die grauen Zellen jubelten über den von ihnen gespeicherten hochlöblichen Polizeipräsidenten in der Urkunde am 6. Februar 1883. So konnte ich mich ab jetzt an das Protokoll halten. Der nach meinem Vortrag gespendete Beifall zeigte mir, dass es mir wieder einmal mehr gelungen war, am Anfang der Rede, in überwiegend sprachlose Gesichter zu blicken.

Nach den protokollarischen Pflichten, ergab sich ein längeres Gespräch mit Herrn Ole von Beust. Aus den verschiedenen Veranstaltungen der CDU und meiner Mitgliedschaft in der Hamburger Mittelstands Vereinigung, kannten wir uns. Wir sprachen über unser Leben in Spanien. Über die Arbeit und ehrenamtliche Tätigkeit der Hamburger Bürgervereine. Die Darbietungen von den Vereinsmitgliedern mit Gesang und Musik von *Peter Mette* rundeten den erlebnisreichen Sonntag ab. Zwei Tage später saß ich wieder im Flugzeug von Hamburg nach *Malaga*. Der Wind erlaubte beim Anflug auf die Hafenstadt, den Blick auf die unter uns liegende Brandung des Mittelmeers, sowie den Blick auf die Bergketten *al andalus*. Dort wartete meine neue Heimat, in einem kleinen weißen Dorf, in den Bergen der *Sierra las Nieves,* auf meine Rückkehr.

Vierzehn Jahre lebten meine Frau und ich, mit unseren

drei Katzen Susi und Isi und dem Kater Miki, glücklich und zufrieden auf unserer *Finca Flecha*. Bis uns eines Tages das Alter einholte, das uns zurück nach Norddeutschland vor das Tor Hamburgs brachte, um dort über ein facettenreiches Leben das 10. Buch zu schreiben. Sollte ich jetzt in diesem Augenblick, Ihr Interesse an meinen Erzählungen geweckt haben? Dann lesen Sie zuerst das Buch *Susi und ihre Kinder,* geeignet für Kinder, Enkelkindern oder Ur-Enkel. Darin erleben Sie, wie schön das Leben mit Tieren, auf unserer *Finca Flecha* war.

Für meine Freunde

Mein Ordner mit den gesammelten Kostbarkeiten liegt nun vor mir. Zwei von den bereits genannten Menschen, denen ich per Engelspost im Himmel geschrieben habe, stelle ich nun vor. Übrigens lernte ich beide durch meinen Vorsitz im Bürgerverein kennen. Im Juni 1992 auf einer *Barkassenfahrt* auf der Elbe in Hamburg. Stellte mich mein väterlicher Freund Walter Moth, einer der damals bekanntesten Hamburg-Redakteurinnen *Anne-Marie Thede-Ottowell* vor-. Ihr Leben war geprägt von den Schiffen und dem Hafengeschehen, sie wäre heute 101 Jahre alt. Sie war Redakteurin für die Monatszeitschrift *Der HAFEN*. Ihr umfangreiches Buch *Hamburg: Vom Alsterhafen zur Welthafenstadt* (Geleitwort K.-L. Mönkemeier), liegt im Moment vor mir.

*In Hamburg müssen die Barkassen (kleine Schiffe) seit altersher mit barem Geld bezahlt werden. Allein deshalb, wird das Bargeld in Hamburg nie abgeschafft! Oder es gibt eben keine Barkassen mehr und der Gast kriecht in die Schwimmwesten. So'n Blödsinn aber auch mit dem Bargeld – einfach weg damit?

Jetzt die persönliche Widmung: In Erinnerung ist mir, dass ich nach dem Tod ihres Gatten, per Telefon einen Einladung erhielt. Bei Kaffee und Kuchen durfte ich mir, als erster aus der sehr umfangreichen Haus-Bibliothek des Verstorbenen, Bücher aussuchen. Obwohl ich schon einige Bücher von *Helmut Schmidt* hatte, so kann ich gegenwärtig auf 12 Bücher zurückblicken. Uns verband unter Gleichgesinnten eine besondere Freundschaft. Anne-Marie Thede-Ottowell verfasste kleine Hefte mit dem Titel: *Für meine Freunde.* Aus ihren Geschichten erlaube ich mir, die lustigsten und nachdenklichsten, in diesem Buch zu veröffentlichen. Es passt, wie ich es empfinde, in die für mich seelenlose Gegenwart. Damals hatte ich das Glück, dass mich Gleichgesinnte Menschen umgaben.

Liebenswerte Menschen, sind das wahre Spiegelbild

in unserem Leben. Die gar so zu oft uns Menschen in
der Gegenwart fehlen.

Horst Pfeil, September 2020

Wann bist du alt?

Wieder wird ein neues Jahr beginnen,
wie konnt' das alte nur so schnell verrinnen!
Manch' einer fragt sich halt:
Wann eigentlich bin ich alt?

Der Spiegel „kontrolliert" in jedem Zimmer,
er zeigt dein Haupt mit grauem Schimmer.
Schleichend silbern wird dein Haar,
was einst so schön gewesen war.

Beim Lesen immer öfter streikt die Brille,
die neuen Zähne werden mehr und mehr,
du seufzt und jammerst in der Stille:
auch ein Hörgerät muss her!

Du stöhnst und solltest lieber schmunzeln:
Hat auch dein Haar den Silberstich,
und dein Antlitz gar schon Runzeln,
all das ist nur äußerlich!

Manch' einer ist mit siebzig
bildschön von Gestalt,
doch innen leer und biestig,
starr und uneinsichtig … das ist alt!

ER denkt an all die flotten Bienen,
die einst nur IHN zu lieben schienen,

SIE denkt zurück an rote Rosen,
Kavaliere und … umkosen!

Sieht ER heut' schöne Beine …
letztlich zieht er Leine,
sucht Toupet, Kukident,
bis ein Junger sie in seinen Armen hält!

Trifft SIE Adonis wie in alten Zeiten,
senkt SIE die Augen schon von weitem,
denkt an BH, Korsett, Perücke
und noch manch' and're Tücke!

Die tollen Jahre sind vorbei, verronnen!
Heut', wenn alles ab und rausgenommen,
sowohl bei IHR, als auch beim ALTEN,
bleibt – trotz Seitensprung und Falten:

Ein liebeswerter Mensch, ein treues Herz,

– manchmal auch voll Wehmut und voll Schmerz –
ein Schlitzohr oder Seele Gottergeben,
trotz allem: j u n g und voller Leben!

Anne-Marie Thede-Ottowell

Es ist alles nur geliehen ...

Es ist alles nur geliehen
hier auf dieser schönen Welt,
es ist alles nur geliehen,
aller Reichtum, alles Geld.

Es ist alles nur geliehen,
jede Stunde voller Glück,
musst Du eines Tages gehen,
lässt Du alles hier zurück.

Man sieht tausend schöne Dinge,
und man wünscht sich dies und das.
Nur was gut ist und was teuer,
macht den Menschen heute Spaß.

Jeder will noch mehr besitzen,
zahlt er auch sehr viel dafür,
keinem kann es etwas nützen

es bleibt alles einmal hier.
Jeder hat das Bestreben,
etwas Besseres mal zu sein,
schafft und rafft das ganze Leben,
doch was bringt es ihm schon ein?

Alle Güter dieser Erde,
die das Schicksal Dir beschert,
sind nur auf Zeit gegeben
und auf Dauer gar nichts wert.

Darum lebet Euer Leben, gebt alles Geld,
freut Euch auf den nächsten Tag,
wer weiß schon hier auf dieser Welt,
was uns das Morgen bringen mag.

Freut Euch an vielen kleinen Dingen,
nicht nur an Besitz und Geld …
Es ist alles nur geliehen
hier auf dieser schönen Welt …

Heinz Schenk (vorgetragen im Blauen Bock 1985)

Wie entsteht ein Mensch?

Der Lehrer sucht an Hand von Bildern

den Kindern die Natur zu schildern.
Er spricht von Tier- und Pflanzenwelt
und als am Schluss die Glocke schellt
sagt er zu den kleinen Wichten,
sie mögen morgen ihm berichten
wie eigentlich der Mensch entsteht.
Das kleine Volk erhebt sich, geht
und bringt bei der Gelegenheit
die Eltern in Verlegenheit.

Auch Fritze, kaum nach Hause gekommen,
hat sich den Vater vorgenommen
und ihm die Frage schnell gestellt:
Wie kommt der Mensch auf diese Welt?
Der Vater, der fängt an zu schwitzen,
er schaut bekümmert hin zum Fritzen,
doch dann besinnt sich er und lacht:
Der Mensch, der ist aus Lehm gemacht!

Klein Fritzchen denkt, das ist famos,
da hol' ich mir so einen Kloß
von nebenan, vom Töpfer Schmidt
und nehm' das Ding zur Schule mit!
Gesagt, getan, und mit dem Lehmkloß
in der Hosentasche stürmt er am nächsten Tag in seine
Klasse.
Als der Lehrer seine Frage stellt:
Wie kommt der Mensch auf diese Welt?

Sagt er als Antwort auch sogleich:
„Der Mensch kommt aus dem Storchenteich!"
Fritzchen wird ganz und stumm
und kramt in seiner Tasche rum.
Dann sagt er: Quatsch mit Soße,
ich hab das Ding in meiner Hose
womit die Schöpfung vor sich geht
und woraus der Mensch entsteht!
Von wegen Storch, so seh'n sie aus
und wenn Sie woll'n ich hol ihn raus!

Der Lehrer, der wird blass und rot
und sagt darauf in seiner Not:
„Lass ihn drin, du Bösewicht,
so ein kleiner Junge tut das nicht!"

Vorgetragen von Rudolf Oschmann, Hafen-Stammtisch,
September 1992 (Verfasser unbekannt)

Aus Kindermund

Mutti, wachsen die Bäume von alleine?
Sag, darf ein Taucher niesen?
Gibt es auf der Sonne Steine?
Und wieso sind Riesen Riesen?
Wieso haben Pferde Hufe?

Gibt's ein Haus mit keiner Stufe?
Sag', wann ist' viertelvier?
Sag,' mir bitte, was ist Eisen?
Sag,' wann ist Wasser dicht?
Darf ein Frosch vereisen?
Siehste, Mutti, das alles weißt Du nicht!

Mutti, haben Flöhe Läuse?
Was ist Bauzen, kannst Du bauzen?
Gibt es hunderttausend Mäuse?
Warum haben Hunde Schnauzen?
Schnauze soll man doch nicht sagen!
Ist ein Kilometer weit?
Darf ich mal den Schaffner fragen,
ob er mir seine Knipse leiht?
Wer macht in die Schienen Ritzen?
Sag', warum kostet Licht?
Warum darf ein Polizist nicht sitzen?
Siehste', Mutti, all das weist Du nicht?

Mutti, darf ein Apotheker alle seine Sachen essen?
Bist Du beim Bäcker mal im Ofen dringesessen?
Was ist hinterm Himmel?
Weiß der Löwe, was er denkt?
Hat der Kuh die Bimmel
Ihre Mutter ihr geschenkt?
Warum ist mein Ball ein bunter?
Woher hab ich mein Gesicht?

Warum fällt der Mond nicht runter?
Mutti, warum weißt du denn das alles nicht?
Mutti, warum ist dies Schwein 'ne Sau?
Warum hat der Mond keine Frau?
Ist auch der liebe Gott ganz für sich alleine?
Wofür denn bloß hat der Tausendfüßler soviel Beine?
Warum rauchst Du, wenn Du keinen Schornstein hast?
Das ist nix, was zusammen passt!
Warum kloppen sich die Großen,
wenn wir Kinder das nicht dürfen?
Warum soll'n wir denn nicht uns're Suppe schlürfen?
Papa macht das mit dem Wein,
warum darf das denn sein?
Haben Sterne Kinder, Onkel oder Tanten?
Warum sind sie nicht uns're Anverwandten?
Was ist in der Erde drin, kann ich grab'n bis nach unten?
Kann ich da Erdgeister seh`n, die bunten?
Karli sagt, das hat noch keiner geschafft, auch mit List,
weil es einen Zeitgeist gibt, der gar kein guter ist,
Mutti, warum nur weißt Du dies alles nicht?

Mutti, wo sind meine Anziehsachen,
ich muss mit Karli noch was machen.
Sein Computer hat wohl Viren,
wir müssen das mal ausprobieren.
Hat der Roboter eine Seele?
Lebte er früher auch in einer Höhle?
Warum machen meine Beine,

wenn ich gehe, alles alleine?
Funktioniert das auch mit Deiner Wäscheleine?
Was ist Zeit, wenn Du sie doch niemals hast?
Warum hab'n wir nur den Bus verpasst?
Warum hat die Sonne keinen Mann?
Wieso gibt'ts Luft, wenn ich sie nicht anfassen kann?
Ach Mutti, warum weißt Du das nicht?

Ist Gewitter beim lieben Gott Silvester?
Eigentlich unnütz, so wie meine Schwester.
Du sagst, wenn einer stirbt, wird der liebe
Gott ihn in den Himmel fahrn: Muss ich
mich da auch immerzu waschen?
Hat er auch'ne Eisenbahn?
Du sagst, Du hast kein Geld für Schokolade.
Aber warum möchte ich denn, dass ich sie habe?
Können Sterne lachen?
Warum macht ein Auto so viele Sachen?
Warum geht die Uhr genau und immer im Kreis?
Sie hat doch keinen Vater der alles weiß?
Ach Mutti, keine Antwort auf alle meine Fragen
wie ein Sieb!

Aber ich weiß eines ganz genau:
Du hast mich ganz fix doll lieb.

Verfasser unbekannt.
Ergänzt von Anne-Marie Thede-Ottowell.

Aus dem Tagebuch meiner Mutter

Was einer ist, was einer war,
beim Scheiden wird es offenbar;
wir hören's nicht, wenn Gottes Weise summt,
wir schaudern erst, wenn sie verstummt.

Liebe Anne-Marie Thede-Ottowell, ich danke Ihnen,
dass ich diese wunderbaren gereimten
Gedanken in diesem Buch noch einmal dem Leser – in
einer seelenlosen Zeit – näher bringen darf. Danke!
Danke!

Die Sage vom Wilden Mann

Am Fuße des Brockens, im schönen Harz,
da liegt in des Bergkreises Banne
ein Wirtshaus, das man im ganzen Land kennt
als das Gasthaus „Zur grünen Tanne".
Und wenn der Sommer zog ins Land,
dann kam nach gewohnter Weise
zu dem freundlichen, vornehmen diskreten Wirt
manches Paar auf Hochzeitsreise.

Und das beste Zimmer im ersten Stock
mit dem Erker und dem Balkone
war stets gerichtet für die Nacht,
dass ein junges Paar erstmals da wohne.

Und es sah das Zimmer im ersten Stock
schon manch zärtliche Stunde,
derweilen drunten grad im Paterre
beim Wein saß die Stammtischrunde.

Fünf ältere Herren saßen bieder am Tisch
beim Wein und Kanaster:
Der Apotheker, der Doktor, der Wirt,
der Amtsrichter und der Herr Paster.

Und jedesmal, wenn nun ein Hochzeitpaar
einzog in das Zimmer da droben,
da macht der Wirt ganz leise. Pst,pst!
und zeigte mit dem Daumen nach oben.

Dann wurden die Alten wieder jung
und steckten die Köpfe zusammen,
und es malte in ihre Gesichter sodann
die Erinnerung lodernder Flammen.

Und der Oberkellner, der würdige Franz,
er stellte sanft lächelnd und milde,
den Kübel' ne Flasche Heidsik kalt:

er war für solche Fälle im Bilde.

Und es hoben die Blicke der Alten empor
sich zur Decke nach einer Stelle
grad übern Tisch, wo an einem Holz
ruhig hing eine silberne Schelle.

An dem Querholz sah man gar listig und klug
sich ein zartes Fädchen befinden,
das geheimnisvoll zur Decke sich zog,
und dort sah man es plötzlich verschwinden.

Und jedesmal, wenn sich mit silbernem Klang
tat die Stimme des Glöckchen erheben,
dann stießen die Alten die Kelche an
und ließen das junge Paar leben.

Und der Ober füllte die Gläser frisch
und lächelte freundlich und milde
und stellte 'ne weitere Flasche kalt
er war für solche Sachen im Bilde.

Bald glühten den Alten der graue Kopf
beim perlenden Wein und dem Kanaster:
dem Apotheker, dem Doktor, dem Wirt,
dem Amtsrichter und dem Herrn Paster.

Da geschah es mal wieder zur Zeit im Mai,

im Gebüsch schluchzt die Nachtigall leise,
dass in das Zimmer des ersten Stocks,
zog ein Paar auf der Hochzeitsreise.

Und wieder hatte der Ober Franz
- sein Antlitz strahlt in Milde -
die übliche Flasche kalt gestellt.
Er war wie immer im Bilde.

Schon mehrere Male hat das Glöckchen getönt,
und wieder hob man die Becher
und wieder brachten dem jungen Paar
ein Hoch die ergrauten Zecher.

Doch als das Glöckchen zum sechsten Male klang,
da hob der Doktor den Blick zur Stange.
Er sprach, und die anderen nickten ihm zu.
„Um Deutschlands Zukunft ist mir nicht bange"!

Dann saßen sie wieder und lauschten gespannt.
Und als die Töne noch immer nicht schwiegen,
da paarte sich Bewunderung
mit Hochachtung auf ihren Zügen.

Und als gar bald die achte Flasche ward geleert
und die neunte stand im Kübel,
da zitierte der Pastor mit heiligem Ernst
diesbezüglich aus der Bibel.

Und der Amtsrichter wollte als strenger Jurist
sich über das Jus primae noctis verbreiten
und fing an mit den anderen Lateinern am Tisch,
dem Apotheker, bereits zu streiten.

Doch als dann ein weiteres Glockensignal
erklang wie das erste so milde,
da verlor selbst der Ober den Überblick
und ward nicht mehr im Bilde.

Es wurde dem Ober der Frack schon zu schwül:
Er hat sich nur schwer noch bemeistert.
Der Wirt sagte nur: „Dunnerkiel"!
Und war vom dem Glöckner begeistert.

Dem Amtsrichter stieg der Heidsik zu Kopf,
der Apotheker begann schon zu toben.
Der Pastor hingegen sang einen Choral
von der Güte des Herrn da oben.

Und wieder wurden die Becher gefüllt
und wieder wurde gefüllt die Kanne.
Denn das Glöckchen, es schwieg nicht in dieser Nacht
im Gasthaus „Zur grünen Tanne".

So geschah es, dass ein winziges Glöcklein,
das im Mai eine Nacht lang geklungen,
durch sein helles, silbernes Jubelgeläut

fünf trinkfeste Zecher hat bezwungen.

Und als dann das Wunderglöcklein verstummt
da hat es am anderen Tag
der Wirt vergolden lassen geschwind,
so steht jetzt im Land die Sage.

Doch sucht ihr, dann sucht ihr vergeblich wohl heut
nach dem Gasthaus „Zur grünen Tanne"
Seit jener Nacht nennt man's im ganzen Land:
„Das Gasthaus zum wilden Manne"!

Aufgelesen in den 1980 Jahren

Die Alters-Pille

Nun such ich schon seit ein paar Stunden,
um die kleinste Pille zu erkunden.
Mal ist sie da, ein anderes Male nicht,
doch plötzlich lacht sie in mein Gesicht.
Ich heb sie auf und schluck sie runter
sie freut sich, der Bauch wurd' immer runder.
Das Ende der Geschicht,
suche bloß eine verlorene Pille nicht.

Horst Pfeil, August 2020

Wie geht eigentlich Politik?

Der Sohn kommt aus der Schule, geht zu seinem Vater
und fragt ihn, ob er ihm erklären könne was *Politik* sei.
Er hätte es vom Lehrer in der Schule
nicht ganz verstanden.
Der Vater: Natürlich kann ich es dir erklären.

Nehmen wir zum Beispiel unsere Familie. Ich bringe
das Geld nach Hause, nennen wir das
Kapitalismus. Deine Mutter verwaltet das Geld, so
nennen wir sie die *Regierung.* Wir kümmern uns fast
ausschließlich um dein Wohl, also bist du das *Volk.*
Unser Dienstmädchen
ist die *Arbeiterklasse* und dein kleiner Bruder, der
noch in den Windeln liegt ist die *Zukunft.*
Hast du das verstanden?

Der Sohn ist sich nicht ganz sicher und möchte erst
einmal darüber schlafen. In der Nacht erwacht er, weil
sein kleiner Bruder in die Windeln gemacht hat und
lauthals schreit.

Nun steht er auf und klopft an der Tür des elterlichen
Schlafzimmers. Die Mutter liegt im Tiefschlaf und
wacht nicht auf. Also hält er den Dienstweg ein. Geht
zum Dienstmädchen-Zimmer. Er klopft, aber die Türe
bleibt verschlossen. Er öffnet die Tür, und sieht seinen

Vater im Bett engumschlungen mit dem Dienstmädchen liegen. Er empfindet es als unanständig die Beiden zu wecken. Geht zurück in sein Zimmer legt sich in sein Bett und schläft bald ein.

Am folgenden Morgen fragt der Vater am Frühstückstisch sitzend seinen Sohn: Ob er nun verstanden hätte was Politik wäre: Die Antwort aus dem Kindermund.
Ja, mein Vater.
Ich habe in der Nacht geträumt:
Der Kapitalismus missbraucht das arbeitende Volk,
während die Regierung schläft!
Das Volk wird total ignoriert,
während die Zukunft des Volkes
in der eigenen Kacke liegt!

Aufgegriffen und verändert: Horst Pfeil, 2020

Die Männerhose

Trägt ein Mann eine sehr enge Hose,
dann hat er bestimmt Thrombose.
Trägt er jedoch eine normale Hose,
dann bekommt er gar nicht erst Thrombose!

Horst Pfeil, 2005

Im Jahre 2020

„Ich baue mir einen Thron des Schreckens,
vor dem die Welt erzittern wird."

Karl Marx (1818-1883), Philosoph, Ökonom ...

Staatsdiener 1763-1810

„Wer im Dienst des Staates reich wird,
kann kein Mann von Charakter sein!"

*Johann Gottfried Seume (1763-1810),
deutscher Schriftsteller und Dichter*

Und Staatsdiener 2020

„Wer im Dienst des Staates reich wird,
kann kein Mensch von Charakter sein!"

Aktualisiert: Horst Pfeil, 2020

Der Gassenhauer 1924

Warte, warte nur ein Weilchen,
dann kommt Harmann auch zu dir,
mit dem kleinen Hackebeilchen,
macht er Blutwurst aus dir!

Fast hundert Jahre später!

Warte, warte nur ein Weilchen
bald kommt die RNA Spritze,
dann macht das Medium in der Kanüle,
deine DNA unnütze.

Aktualisiert: Horst Pfeil, 2020

Zwischen durch

Der Apfel lehrt uns zu begreifen,
die Besten sind doch stets die Reifen!

Aufgegriffen

Zeitläufe

Die Zeit läuft individuell
hier noch behäbig, dort zu schnell.
Wenn wir auf irgendetwas harrten,
dann lies sie uns meist lange warten.
Und wenn's um die Entscheidung geht,
kommt sie fast eh und je zu spät.

Gewiss spielt sie uns manchen Streich,
doch läuft die Zeit ... zeitlebens gleich.
Nun kriegen wir allmählich Falten,
scheint sie für uns nicht aufzuhalten.
Denn was uns leider nun schockiert,
sie eilt nicht, sie galoppiert.

Von Friedrich Holst aus seinem Buch „Zwischentöne"

Das müssen wir ertragen!

Das Großkapital produziert den meisten Müll,
den keiner von uns Menschen haben will.
Dazu kommen Engels, Keyn und Marx vor Jahren,
deren Thesen müssen wir Menschen heut' ertragen.

Horst Pfeil, 2017

Das Seniorenangebot!

Was soll man noch in alten Tagen,
unserm Herrgott alles sagen:
Ach lieber Gott, im Knie Arthrose,
der Bauch passt nicht mehr in die Hose,
das Kreuz wird auch schon krumm,
die Hüfte knackt, das ist doch dumm.

Auch der Kopf, er wackelt sehr,
die Hände zittern immer mehr.
Ach Gott, was hab' ich nur verbrochen
verschlissen sind Gelenk und Knochen.
Doch schöne kleine Altersgeschenke
sind künstliche Zähne und künstliche Gelenke.

Wenn in der Früh kein Schmerz sich regt,
schnell schauen ob das Herz noch schlägt.
Und dennoch Herr will ich dir sagen:
Mag auch das Knacken noch so plagen,
trotz aller Fülle von Beschwerden
bin ich gern auf dieser Erden.

Wenn das Zwacken und das Zwicken
wäre eines Tages ausgelitten
und hörte alles plötzlich auf,
wäre ja vorbei mein Lebenslauf.
Drum lieber Gott, höre auf meine Bitten,

lass es noch lange weiterzwicken!

Aufgelesen im August 2020

Die drei Siebe!

Zu dem berühmten Gelehrten Sokrates kam ein junger Mann gelaufen und sprach aufgeregt: „Sokrates, hör! Ich muss Dir etwas erzählen über Deinen Freund ..."

„Stopp!" – unterbrach ihn Sokrates – „hast du das, was du mir erzählen willst, vorher durch die drei Siebe gesiebt?"

Verwundert fragte der junge Mann: Welche drei Siebe?"

„So höre Freund, das erste Sieb ist die Wahrheit. Ist das, was du mir erzählen willst, auch wahr?
Hast du es geprüft?"

„Nun, ich höre sagen, dass ..." begann jener zögernd.

„Dann hast du es sicher mit dem zweiten Sieb geprüft, mit dem Sieb der Güte?" fragte Sokrates.

„Wie meinst du?" fragte dieser zurück.

„Wenn es also nicht erwiesen ist, ob es war ist, was du mir erzählen willst, ist es dann wenigstens gut?" wollte Sokrates wissen.

„Nein, das gerade nicht, im Gegenteil ..." antwortete er zögernd.

Sokrates sprach: „Dann lass uns das dritte Sieb anwenden und prüfen, ob es notwendig ist, was du mir erzählen willst. Wenn schon nicht wahr und gut, dann wird es doch notwendig sein, oder?"

Der junge Mann wurde verlegen. „Notwendig ist es nicht gerade ..." sagte er.

„Dann", sprach Sokrates, „lass es sein, mir zu erzählen, was weder wahr noch gut noch notwendig ist. Belaste dich und mich nicht mit Unwahrem, Ungutem und Unnötigem!"

Aufgelesen: Sokrates überliefert von Platon

Ein kleiner Nussbaum!

Nachdem man mich aus der Transporthülle befreit hatte, begann nach DIN: XYZ und der EU-Norm xxxxxx Punkt y der erste Schritt zu meiner Einpflanzung. Als Nussbaum, wenn ich auch noch so klein bin, benötige ich einen Standort, der mir genügend Platz zum eigenen Großwerden ermöglicht. Obwohl ich mich im sogenannten Winterschlaf befinde, verfüge ich im Moment noch über Blätter. Trotzdem ist es für mich sehr wichtig schnellstmöglich eingepflanzt zu werden. Über den Standort der Einpflanzung habe ich bereits gesprochen – lese die dritte Zeile zum Thema Standort. Liegen nun alle Genehmigungen – DIN und EU – schriftlich vor, komme ich jetzt zu weiteren Ausführungen.

Je nach Bodenbeschaffenheit empfehle ich folgendes Arbeitsgerät bereit zu halten: Spitzhake, Spaten und Schaufel

Falls erforderlich, sollte schon ein CO_2-freier, Batteriebetriebener Schaufel-Bagger zur Verfügung stehen!

Die Berufsgenossenschaft, sowie die Gewerkschaft für Gartenbau und Grünanlagen machen es erforderlich, dass der einpflanzende Personenkreis in folgender Arbeitskleidung zu erscheinen hat – beginnen wir doch von oben nach unten, mit anderen Worten vom

Kopf bis zur Sohle: Grüner Sicherheitshelm (Prophylaxe, falls ich vor Schwäche umfalle und das menschliche Haupt treffe). Grüner Arbeitsanzug, einteilig (auch Overall) genannt. Sicherheitsschuhe mit Stahlkappen, grüne Kniestrümpfe und gelbe Arbeitshandschuhe.

Bevor ich nun in das für mich vorgesehene Loch mit meinen Wurzeln nach unten komme, sind noch einmal alle schriftlichen Einpflanzungsgenehmigungen des jeweiligen Landes also Deutschland der EU, desjeweiligen Bundeslandes und der hiesigen Gemeinde zu kontrollieren.

Erst danach darf mit meiner Einpflanzung begonnen werden. Man grabe ein Loch. Je nach Wurzelgröße und deren Stärke, richtet sich die Tiefe und der Durchmesser meiner Wohnstätte. Falls mir doch noch Blätter anhaften sollten, kann pauschal gesagt werden: das Grüne nach oben und die Wurzeln nach unten. Dünger und viel Wasser wünsche ich mir in meinem zukünftigen zu Hause.

Und wenn Ihr einmal Sorgen habt, so kommt zu mir, sprecht und streichelt mich, dann geht es Euch Menschen wieder besser: Euer einst kleiner Nussbaum.

Horst Pfeil, Oktober 2008

Das Zeitalter im Jahre 2020!

Die KI Zeit – *künstliche-Intelligenz* – steckt noch in den Kinderschuhen. Aber in welcher Zeitspanne wird unsere digitale Computerzeit von KI abgelöst? Im Fernstudium Elektronik-Labor lernte ich in den 70er Jahren des letzten Jahrhundert die Halbleitertechnik kennen. Aus der analogen Technik kommend, bleibt es bis heute für mich eine Zufallstechnologie. Eine Technik, die sich im ständigen Wechsel aus I- oder 0-Signal befindet. Das heißt Ein oder Aus im ständigen Wechsel. Dieses System lässt sich verknüpfen, aber jetzt folgt Satire.
Versetzen Sie sich bitte in die Elektronen oder Ionen und würden ständig ein- oder ausgeschaltet. Das schnelle Schalten nennt der Fachmann *Frequenzen*. Da ist es doch nicht verwunderlich, wenn die Geräte warm werden und sich verkohlt vorkommen.

Das gleiche wäre, wenn Sie ständig Ihren Lebenspartner frequentierten würden. Ungefähr so: „Stelle Dich in die Ecke, komm raus aus der Ecke." Das Ganze im Sekundentakt. Irgendwann werden Sie doch lustlos? So empfinden es auch unsere digitalen Netzbahnen. Diese werden warm und immer wärmer, bis sie sich von alleine abschalten. Spätestens jetzt suchen Sie Ihre 30- oder mehrsprachige Bedienungsanweisung. Aber diese liegt bei Ihnen zu Hause im Ruhestand auf dem Küchentisch.

Sie stehen inzwischen in einer Schlange an der Kasse, bei Aldi oder Lidl. Auf dem Laufband liegt Ihre Ware. Plötzlich hat sich Ihr Schlepptop wieder von allein abgekühlt und die Mutti ruft an! Bring doch bitte noch Senf mit, denn heute Abend kommt unerwartet die Tante Jutta aus Kalkutta. Im Hintergrund hören Sie den Opa: Und denke an meinen Rotwein. Das Laufband läuft inzwischen immer weiter und immer weiter. Plötzlich stehen Sie an der Kasse. Sie bezahlen und gehen mit Ihrer Ware zum Parkplatz und laden sie in Ihr Auto. Nach Muttis und Opas Wunsch, gehen Sie mit einer ganz kleinen und leicht geballten Faust in Ihrer Hosentasche zu Aldi zurück. Die Ware finden sie schnell, denn sie kaufen mindestens zweimal in der Woche ein.

Nun stehen Sie zum zweiten Mal der Kasse um zu bezahlen. Vor Ihnen zwei sich gut kennende Kundinnen schnatternd am vollgefülltes Laufband. Obwohl Sie nur zwei Artikel in der Hand halten. Die schnatternden Wesen sehen es nicht oder wollen es nicht! Jedoch Ihre Gedanken kreisen um den Besuch der Tante Jutta aus Kalkutta und Opas Rotwein.

Bevor Sie an der Kasse sind, rufen Sie doch vorsichtshalber zu Hause an! Die Telefon-Verbindung ist schwach „Muttilein, hörst du mich?" Aber das Gerät bleibt stumm! Wer aber in der Zeit der KI – der künstlichen Intelligenz – lebt, wird dann den ganzen Tag schon als junger Mensch in der Hängematte der ewigen Sonne liegen. Denn arbeiten soll der Roboter oder wird nun der Roboter Ihnen befehlen, was Sie in Ihrer Zukunft zu tun haben?

Die ersten Anzeichen sehen wir im Jahre 2020! Ein freies und menschenwürdiges Leben war das Ziel meiner Generation. Zur Erinnerung ich bin Jahrgang 1936.

Horst Pfeil, 2015 – aktualisiert 2020

Ich habe kein Dach!

Hoddel, steht im Baumarkt an der Kasse. Links vor ihm stehen senkrecht am Laufband Dachrinnen und Fallrohre aus Kunststoff. Kennt er gut aus seiner Zeit in Andalusien. Dort lebte er in einem kleinen weißen Dorf in der Sierra las Nieves. Neben der Kasse stehen zwei sich unterhaltende männliche Wesen. Der eine sieht Hoddel an und meint mit dem Finger auf die Rohre deutend: Sind das Ihre Dachrinnen und Fallrohre. Hoddel, ich habe gar kein Dach. Mein Dach ist gemietet, wie bei den Fernreisen „all inklusiv".

Horst Pfeil, 2016

Die Freundin!

Hoddel, steht mit seinen unter ihnen wohnenden Nachbarn vor der Haustür. Sie klönen und klönen, als einige Meter vor ihnen am Straßenrand ein Auto anhält und parkt. Eine Frau steigt aus ihrem Gefährt, lächelnd und winkend begrüßt sie Hoddel. Die Nachbarin zu Hoddel: „Kennst du diese Person?". „Jaaaaaaa, natürlich, das ist doch eine Freundin aus dem Papiergeschäft." Die Nachbarin: „Weiß deine Frau davon, soooooooo in der Nähe?!". „Klar, wir reden ganz offen darüber." Nun kommt der Nachbar zu Wort „Aber sie hat doch schon einen Freund – das ist nämlich soooooooo: der stellt sein Auto immer am Wochenende bis Montag vor unsere Garageneinfahrt, damit er schneller zu seiner Freundin kommt, die wohnt ja nur ein paar Meter weiter."

Nun stößt er Hoddel an, leise sprechend kommen er und seine Frau Hoddel immer näher. Zu dritt lauschend erzählt nun der Nachbar: „Den Parker habe ich doch neulich, weil er so dicht an unserer Garagenausfahrt parkt gefragt, ob er von Beruf Friseur wäre – die haben doch montags immer geschlossen. Er meinte aber, er wäre ein Computer-Spezialist."

Gedanken verloren ging Hoddel nach oben.

Horst Pfeil, 2019

Die Bürokratie

Platzt die Verwaltung aus allen Nähten,
so steigen die Steuern und Diäten.

Aufgelesen in den letzten Jahren

Im Rathaus wird ein Findelkind entdeckt!

Der Stadtsprecher verfasst daraufhin
eine offizielle Stellungsnahme.
Ein Rathausmitarbeiter kann unmöglich
der Vater des Kindes sein:

Erstens wurde
in unseren Büroräumen noch nichts
mit Lust und Liebe gemacht.

Zweitens wurde in unseren Büroräumen
noch niemals etwas vor neun Monaten fertig.
Und drittens ist in unserer Behörde noch nichts
entstanden, was von Anfang an Hand und Füße hatte!

Aufgelesen im Januar 2009, in Andalusien

Ich bin das Großkapital!

Ich lasse Euch Menschen, ob Tag oder Nacht,
mit meiner digitalen Technik ruhig spielen.
Umso besser kann ich, das Großkapital,
Euch Menschen manipulieren und abkassieren.

Ich lasse Euch nicht zur Ruhe kommen,
bis ich Euch hab alles abgenommen.

Ich werde Euch die Freiheit nehmen,
bis Ihr mir habt alles gegeben!

Aus meinem Buch „Geistesblitze" (März 2020)

Zum Jahresausklang!

Weihnachten in Andalusien

Heute Nacht stand plötzlich der
Nikolaus vor unserer Tür,
wir fragten: Was willst du hier?

In Spanien in milder Nacht,
seine Antwort mit bedacht,
Euren Dulce trinken, gebt jetzt acht!

Er nahm das Glas, trank es leer und hat
nur schadenfroh gelacht!

Da sagte er uns bevor er verschwand, er müsste
noch in dieser Nacht in die norddeutsche Heide,
dort gäbe es den Ratzeputz und sehr nette Leute.
Dann ging er von dannen in die Dunkelheit,
er war schön blau und voller Heiterkeit.
Drum betracht was in der Heiligennacht,
der Nikolaus mit Euch so macht.
Wir Menschen wünschen uns Frieden auf Erden,
dann darf es auch Weihnachten werden!

Alle Jahre wieder!

Sind Weihnachtsgrüße gar ein Muss
und die Weihnachtsgans gar ein Genuss?
In jedem Jahr stellen sich doch die gleichen Fragen,
in den ach' so stillen Weihnachtstagen.

Horst Pfeil, Weihnachten in Andalusien

Am Anfang des Buches erwähnte ich meinen väterlichen Freund Walter Moth. Jetzt wird er – wie passend – am Ende des Buches eine, wie ich finde der schönsten Weihnachtgeschichten auf See (aus dem Buch von Kurt Gerdau) erzählen.

Große Freiheit auf See

Der Leitstern des Leichtmatrosen Walter Moth.

Gott hilft dem Seemann in der Not, aber steuern muss er selbst.

Weihnachten auf See ist ein anderes Fest als daheim, weil es den Alltag nur für ein paar Stunden unterbricht. Auch die Stimmung muss eine andere sein. Verständlich ist beispielsweise der humorvolle Unterton, wenn vom leise rieselnden Schnee lauthals gesungen wird, während die schwüle Tropennacht die Wachskerzen am Weihnachtsbaum verbiegt.

Am 24. Dezember lief die 1932 bei *Blohm & Voß* gebaute *Tanganyika* der *Woermann Linie,* von Las Palmas kommend, auf die Walfisbay in Ostafrika zu. Es war zwar dem Kalender nach Heiligabend, doch am Himmel stand die glühend heiße Sonne.

Nur 180 Passagiere hatten die Reise gebucht – zu wenig, um das Schiff auszulasten. Aber 1938 mieden immer mehr Ausländer deutsche Passagierdampfer, obwohl sich die Reedereien alle erdenkliche Mühe gaben.

Geführt wurde der schmucke Dampfer von Kapitän Krumme, einem überaus geselligen Mann, der für seine Passagiere immer ein offenes Ohr hatte und im Gegensatz zu manchen seiner Kollegen, seinen gesellschaftlichen Obliegenheiten gern nachkam. Anschaulich wusste er über das harte Leben auf Segelschiffen zu erzählen und plauderte gern mit jungen Damen. Die Zeit dazu konnte er sich nehmen, denn die Arbeit auf der Brücke wusste er in bewährten Händen.

Unter den 90 Besatzungsmitgliedern befand sich auch der angehende Matrose Walter Moth. Schon auf der ersten Etappe nach *Las Palmas* hatte der leicht ergraute Bootsmann Rudi Schmuhl anerkennend festgestellt, dass der neue Leichtmatrose Moth mehr konnte als die meisten Matrosen an Bord. Die ihm übertragenen Aufgaben erfüllte er willig. Das ging nicht immer ohne Ärger mit den Älteren ab, da sie auf ihre Rechte pochten. Trotzdem durfte Walter Moth auch ans Ruder und achtete peinlich genau darauf, dass das Kielwasser schnurgerade verlief. Bei der Wachverteilung hatte er Glück gehabt, denn er liebte Sonnenauf- und Sonnenuntergänge wie *Der Kleiner Prinz* von *Antoine de Saint-Exupéry,* ohne je von ihm gehört oder gelesen zu haben.

Wachoffizier war Günther Albrecht, der elf Monate später mit vier Kameraden in einem Rettungsboot der *Windhuk* von der *Lobito Bay* aus nach *Las Palmas* segeln sollte. Schuld daran war der Krieg, aber an den dachte an diesem Heiligabend weder Walther Moth noch der Wachoffizier Albrecht von der *Tanganyka,* als er auf der Brückennock stand und den Passagieren zusah. Albrecht mochte dieses Leben – ein paar Jahre noch, dann würde er es selbst als Kapitän in vollen Zügen genießen. Er war als Offiziersanwärter auf der *Pandua* viermal um *Kap Hoorn* gesegelt und dabei gewesen, als die See vier Kameraden über Bord riss. Die viel gerühmte Freiheit war es nicht gewesen, nur harte Arbeit, Entbehrung und die Gewissheit, in nicht allzu ferner Zeit die Früchte dieser Ausbildung genießen zu können.

Mit 13 Knoten dampfte die *Tanganyka* unaufhaltsam südwärts. An Deck war es heiß, denn die leichte Brise reichte gerade aus, den Fahrtwind aufzuheben. Vor den Kesseln kämpften Heizer und Trimmer mit der unerträglichen Hitze. Kippte einer von ihnen um, nahm ein Kumpel einen Wassereimer und goss ihm das warme Nass über den Kopf. Der Kesselraum war die Hölle, die die Ingenieure nur betraten, wenn es unbedingt sein musste.

Die Miefquirls in den Logis und Messen liefen ständig auf Hochtouren, aber mehr als optische Wirkung erzielten sie nicht. Als der Leichtmatrose Walter Moth um 20 Uhr leichtbekleidet von der Wache kam und die Mannschaftsmesse betrat, galt sein erster Blick dem geschmückten, vom Zimmermann gebastelten Weihnachtsbaum, an dem die Wachskerzen traurig die Köpfe hängen ließen. Die abgelöste Wache nahm an der Back Platz und ließ sich den gebratenen Puter mit Rotkohl und viel Nachtisch schmecken.

Der Chor der *Tanganyika,* berühmt in jedem ostafrikanischen Hafen, wartete ungeduldig auf seinen sechsten Sänger Moth, denn er wollte dem Alten (Kapitän) ein klassisches Weihnachtsständchen bringen, auch in der begründeten Hoffnung, dass sein Gesang entsprechend belohnt wird. Gut gestärkt begaben sich die Seeleute und der Quetschkommode spielende Steward dann auf das Kapitänsdeck, den heiligen Ort an Bord. Während sich über dem einsam dahin ziehenden Dampfer ein gesamter Himmel wölbte, mit Sternen so groß wie Golddollars, sangen sie hingebungsvoll *Stille Nacht, heilige Nacht.* Gerührt reichte der Alte jedem die Hand und schickte sie weiter zum Ersten Offizier, damit er die vom Gesang strapazierten Kehlen ölen ließ. Das eisgekühlte Bier blieb nicht ohne Wirkung, und weil der Chor schon auf Tournee war, brachte der Chor auch dem Ersten ein paar innige Lieder zu Gehör. Nach absingen sämtlicher Weihnachtslieder griffen sie auf Songs aus ihrem Repertoire zurück, etwa auf *La Paloma* und auf „Was nützt dem Kaiser die Krone, was nützt dem Seemann sein Geld, denn es kann ja nichts Schöneres geben als in Hamburg ein Mädel fürs Geld…" Die jungen Seeleute hätten in diesem Sinne gern weitergesungen, doch der Alte beendete das Konzert mit der Feststellung: „Jetzt reicht's aber, Leute!"

Alles an Bord nahm seinen gewohnten Lauf, der Heiligabend machte da keine Ausnahme. Gelegentlich meldete der, auf der Back postierte Ausguck, auftauchende Positionslichter. Ein Entgegenkommer passierte die *Tanganynka* in Rufweite, es war die *Daresssalam,* ein Kompanieschiff. Weihnachtsgrüße gingen von Schiff zu Schiff, dann verschwand die Heckleuchte im flimmernden Kielwasser. Unterbrochen wurde die nächtliche Ruhe nur durch das Glasen auf der Back und der Brücke. Walter Moth bereitete sich auf eine langen, gemütlichen Abend vor. Doch kaum hatte er sich in der Messe auf seinem Stammplatz niedergelassen, mit vom Singen und vom Bier gerötetem Gesicht, als der Bootsmann auftauchte, mit dienstbereiter Miene sich prüfend umsah, ihn entdeckte und fragte: „Kannst du noch steuern?" Warum, dachte Walter, sollte ich plötzlich das Steuern verlernt haben, doch nicht wegen drei Flaschen Bier? Also nickte er und wurde aufgefordert: „Dann komm mit nach oben auf die Brücke! Du musst sofort auf Wache, denn offenbar bist du der einzige noch nüchterne Mensch an Bord, der den Dampfer auf Kurs halten kann, ausser mir natürlich und dem Kapitän, aber wir beide kommen nicht in Betracht."

Walter ergab sich seinem Schicksal, und ein bisschen Stolz war auch dabei. Auf der Brücke stand keiner seiner Kumpel, sondern der Erste mit angewidertem Gesicht am Ruder. Alles was er hervor brachte war: „Na, endlich!" Und so übernahm in dieser tropischen Weihnachtsnacht der Leichtmatrose Walter Moth das Ruder, das er erst vor zwei Stunden an einen Kollegen übergeben hatte. Der Wachoffizier trat umgehend auf die Brückennock hinaus und überließ Walter seinem Schicksal. Erst gegen Mitternacht verstummte die Quetschkommode des Stewards, aber auf dem Promenadendeck saßen weiterhin händchenhaltend und Zärtlichkeiten austauschend Verliebte und träumten hinaus in die wunderbare Nacht. Das Kreuz des Südens funkelte über dem Mast und Walter steuerte bald nicht mehr nach dem Kompass, sondern hielt den Mast einfach genau unter dem Sternbild. Obwohl seine Beine allmählich vom langen Stehen zu schmerzen begannen, war er glücklich. Seine Augenlider wurden schwer und schwerer, und seine Gedanken flogen im Kielwasser des Dampfers heimwärts. Er konnte sich nicht erinnern, jemals einen Heiligabend erlebt zu haben, der diesen an Innigkeit übertraf. Das Leben war eben voller Wunder.

Erst als die Sonne über den klaren Horizont stieg und die See mit Gold überzog, wurde Moth am Ruder abgelöst. Er hatte seinen Kollegen nicht kommen gehört oder gesehen. Jetzt erschrak er, denn am Kompass konnte unmöglich noch der vorgeschriebene Kurs anliegen. Doch der völlig übermüdete, sich kaum auf den Beinen haltende junge Leichtmatrose glaubte, nicht richtig zu sehen: Am Kompassstrich lag Süd zu Ost ein Viertel Ost an, und das war genau der Kurs, den er seit acht Stunden steuern sollte. Noch heute, 50 Jahre danach, sucht Walter Moth nach einer, für Nichtgläubige gültigen Erklärung, für dieses Weihnachtswunder.

Mein Dank!

Wer in seinem Leben das Glück hatte Menschen wie Anne-Marie Thede-Ottowell, Walter Moth mit seiner Lebensgefährtin Luise Morschhäuser und viele andere kennen lernen durfte, darf sich glücklich schätzen.

Jetzt ist der Zeitpunkt gekommen mein Versprechen einzulösen. Mit der Engelspost sende ich Euch von der einst so geliebten Muttererde, jedem ein Buch mit Euren wunderbaren Geschichten.

In Dankbarkeit, Euer Horst mit dem Pfeil zum Bogen!

54

Einfach aufgelesen!

Das Unverständlichste am Universum ist im Grund, das wir es verstehen!

Albert Einstein (1879–1916), Physiker

Die glücklichsten Sklaven sind die erbittertsten Feinde der Freiheit!

Marie von Ebner-Eschenbach (1830–1916), Schriftstellerin

Der Versuch, den Himmel auf Erden zu verwirklichen, produziert stets die Hölle!

Karl Reimund Popper (1902–1994), Philosoph

Ein Sinnesspruch in dem ich mich wiederfinde!

Ich habe mein Leben damit zugebracht,
nicht nur den anderen, sondern auch mir zu sagen:
„So sind wir! Seien wir vernünftiger und besser!"

*Marie Freifrau von Ebner Eschenbach (1830–1916),
Erzählerin von Novellen und Aphorismen*

Zu guter Letzt!

Ideen zu formulieren, aus meinem facettenreichen Leben zu plaudern und alles niederzuschreiben, das gaben mir die Schule, der Beruf und viele Reisen –die weiteste nach Peru – mit auf den Weg.

Nach einer Krebserkrankung im Alter von 65 Jahren, haben meine Frau und ich eine alte Ruine erworben. Diese befand sich in einem kleinen weißen Dorf in der *Sierra las Nueves,* in der Provinz *Malaga*. Sich anzulachen gehörte dort dazu, wie Sie auf dem Foto sehen können.

Ich bin seit über sieben Jahren wieder zurück und lebe nun südlich von Hamburg in einer Kleinstadt.Quellenangaben und Literaturnachweise benötige ich nicht. Ich nutze meine grauen Zellen, die mir von Gott mitgegeben wurden. Das Erlebte erzähle ich aus meiner ureigenen Sicht.

Doch auch ich brauche die Hilfe meiner lieben Mitmenschen, um aus dem Konzept ein Buch werden zu lassen. Deshalb gilt mein großer Dank denen, die mir bei meinem 10. Buch geholfen haben: für das Korrektur Lesen, meiner Frau Anneliese und Gabriele Gulde (Leipzig); für die Umschlaggestaltung und den Satz, Marja Reher (Hamburg); für die Engels-Karikaturen auf dem Cover, Dirk Müller (Dresden).

Meine Bücher eins bis vier …

Hoddel und Anne

Mit oft hintergründigen Sätzen, nimmt er sich selbst oder seine Frau auf den Arm. Er füllt das Buch mit Sätzen, aus dem täglich Erlebten. Mit manch pfiffigem Wortspiel, nimmt er sich und seine Umwelt nicht mehr ernst.

52 Seiten
ISBN 978-3-74-482087-5

Und was nun?

Ein Blick zurück und in die Gegenwart. Die Kriegsjahre, und als 1945 die Befreier kamen. Wie die Vorkriegsjahrgänge um ihre Kindheit gebracht wurden. Danach ohne staatliche Unterstützung ihr Leben selbst in die Hand genommen haben.

64 Seiten
ISBN 978-3-74-489354-1

Susi und ihre Kinder

In diesem Buch erzählen drei Katzen spannende Geschichten aus ihrem Leben auf einer Finca *al-Andalus* in der Provinz Málaga. Ein Buch für Jung und Alt.

46 Seiten
ISBN 978-3-74-317677-5

Mein geliebtes Peru

Ein Reisebericht vor 30 Jahren. Die große Gastfreundschaft der Mittelschicht. Auf der anderen Seite eine nicht absehbare Armut der Ur-Einwohner. Noch heute wird von der monetären Produktionsgesellschaft – nach John Maynard Keynes – der Lebensraum der Ur-Einwohner zerstört.

160 Seiten
ISBN 978-3-74-487443-4

Meine Bücher fünf bis acht …

Ich darf leben

Diagnose Krebs, diese Mitteilung hatte sein Leben verändert. Erinnert sich an das Wort „Selbstwertgefühl". Und schreibt, auf zum Teil humorvolle Art, wie er mit dieser Diagnose umgegangen ist.

68 Seiten
ISBN 978-3-75-288649-8

Illegal in Hamburg

Horst Pfeil erzählt über seine Kindheit und Jugend in der Kriegs- und Nachkriegszeit des letzten Jahrhunderts.

156 Seiten
ISBN 978-3-74-812646-1

Quo vadis Marktwirtschaft?

Horst Pfeils beruflicher Werdegang in der Sozialen Marktwirtschaft unter Ludwig Erhardt und dem Heute. Zwei Jahrzehnte arbeitete er als Ingenieur in der Akkubranche. Sachlich und kritisch, betrachtet er die gegenwärtige Batteriebranche.

164 Seiten
ISBN 978-3-73-470584-7

Geistesblitze!

Meist gereimte Kurzgeschichten, mit den dazugehörigen Karikaturen – eine Ablenkung zum Schmunzeln oder gar Lachen und ein paar anderen Sachen.

88 Seiten
ISBN 978-3-75-043025-9

Mein neuntes Buch …

Die Krönung!

Ein Virus bedroht die Menschen auf der ganzen Welt. Um die unterschiedlichen Vorgehensweisen von Helmut Schmidt und Angela Merkel in Krisensituationen geht es in diesem Buch.

92 Seiten
ISBN 978-3-75-194861-6